KB060171

청어詩人選 354

길의 회상

玉岡 이용후 시집

청어

길의 회상

이용후 지음

발 행 처 · 도서출판 청어
발 행 인 · 이영철
영　　업 · 이동호
홍　　보 · 천성래
기　　획 · 남기환
편　　집 · 방세화
디 자 인 · 이수빈 | 김영은
제작이사 · 공병한
인　　쇄 · 두리터

등　　록 · 1999년 5월 3일
(제321-3210000251001999000063호)

1판 1쇄 발행 · 2022년 11월 12일

주소 · 서울특별시 서초구 남부순환로 364길 8-15 동일빌딩 2층
대표전화 · 02-586-0477
팩시밀리 · 0303-0942-0478

홈페이지 · www.chungeobook.com
E-mail · ppi20@hanmail.net
ISBN · 979-11-6855-086-5(03810)

시인의 말

"나이 들어서는 엄벙덤벙 사는 거야. 이것저것 따지며 소심하게 지내지 말고 재미나게 보내야 하네."

정년퇴직 후 의기소침해 있던 나에게 작지 않은 회사를 경영하는 선배가 사무실에 자주 놀러 오라고 했는데, 폐(弊)가 될 것 같아 가지 않았더니 정색하며 하신 말씀이다.

용렬하지 못한 나의 처신에 대한 충고로 받아들였다. 그러나 타고난 천성은 쉽게 바뀌지 않았다. 선배의 사무실에 나가지 않고 집에서 빈둥거리며 지냈다. 무엇을 생각한다는 것 자체가 싫었다. 이런 것을 절필이라 하는 것인지 모르겠다.

시간은 덧없이 흘러 칠순이 되었다. 돌이켜 생각하니 제대로 탈피하지 못한 생활에 후회할 것 같았다. 가치 있는 것을 실천하는 지혜로운 삶을 위해, 손자에게 틈틈이 사자소학(四子小學)을 가르치며, 여기저기 끄적거려 놓은 습작을 주섬주섬 모아 보았다.

2022년 가을날, 玉岡 서

차례

2부 오월의 향기

3부 길의 회상

4부 겨울 나그네

1부

순심(純心)

땅거미 져 어스레한 돌담장 길
엷은 미소 지으며 무쇠 발걸음으로
주춤주춤 멀어져갔습니다

그 사람은
아지랑이 아롱대던 날
토끼풀 하얀 꽃 무더기
네 잎 클로버였습니다

산상 일출

가는 해를 지키는(守歲) 날
벅차게 솟아오르는 감흥으로
날밤을 꼬박 새운 이들

잔설이 덕지덕지 얼어붙어
흑룡의 등짝 같은 비탈길을
잎꾼개미 줄을 잇듯 올라간다

칠흑같이 어두운 새벽에
기도 발 좋은 자리를 찾아
숨 가쁘게 오르는 산상(山上)에는

날 선 한기(寒氣) 송곳 되어
볼을 찌르는 매서운 삭풍에도
동녘을 향해 선 모아이 진상들

태초의 어둠으로 빚은 그들은
검은 궁창의 차양막을 걷어내고
넋이 춤추는 환희의 불꽃을 기원하는데

대지의 힘찬 맥박 소리에 맞춰
동공에 지펴지는 초신성의 불씨
마음 심연에 옮겨 심는다

공허한 마음 밭에 불꽃이 피고
비루했던 육신이 데워지면
산상의 동토에서 해바라기 꽃을 피운다

정월 새벽에 떠나는 전동열차

간밤에 내린 눈이 앞, 뒷집 연립주택 지붕과 담장 위에 두꺼운 백설기를 얹어놓은 영하 13도의 정월 새벽 소요산 가는 첫 열차를 탔습니다 객실에는 듬성듬성 대여섯 사람이 의자에 앉아 덜컹거리며 달리는 열차에 몸을 맡기고 있었습니다 두꺼운 오리털 방한복에 빵모자를 쓴 나이 지긋한 아저씨, 하얀 털모자 달린 검정 파카를 입은 젊은이, 목도리로 귀를 감싼 여인네 등 차림새는 제각각이었습니다 의자 뒷목에 머리를 젖히고 있는 남자, 고개를 숙이고 있는 여자, 모두 잠을 자는 것처럼 보이지만 무언가 골똘히 생각하고 있는 것인지도 모르겠습니다 먼동이 트지 않은 캄캄한 새벽에 서울을 떠나는 지하철 1호선 전동열차를 왜 탔는지 모릅니다 만물이 잠들어 있는 시간에 얼마나 풍요를 누리려고 부지런을 떠는지 잘 모릅니다 캄캄하여 어둠이 짙을수록 별빛이 영롱하다는 것을 느끼다 문득 사람들을 보면서 눈이 수북이 쌓인 깊은 산속에서 눈을 헤치며 먹이를 찾아 헤매는 산양의 모습이 떠올랐습니다 몸으로 먹고 산다는 것은 엄동설한 눈발이 날리는 새벽 찬 공기를 가르며 달리는 전동열차와 같다는 생각이 들었습니다 열차처럼 그렇게 해야 하는 상황에 이끌려서 갈 뿐이었습니다

석양 녘

저무는 하루
석양 녘 이때쯤이면
가슴이 콩닥거립니다

노을이 붉게 내려앉고
너른 공단대로 가로등 불빛들이 줄을 서면
수줍게 미소를 띤 임이
슬며시 문을 열 것 같습니다

창밖을 멍하게 바라보다
먼 산에 어둠이 검게 물들면
조용히 눈길을 내려
텅 빈 마음에 튼 꽈리를 찾습니다

주섬주섬 챙긴 기억의 편린
책갈피에 끼우고
감겨 지는 눈으로
어둠 속 길마중 갑니다

붉은 노을이 되었는지
어둠에 묻혔는지
행여 기다림을 잊어버리진 않았는지

입춘첩

내 아직 어릴 적 너는
초가집 몸채 기둥에 기대어
처마 끝을 올려다보고 있었지

오락가락하던 눈발
거름더미를 살포시 덮고

외양간 둘러친 낡은 덕석이
바람에 너덜거리는데

곱은 발로 섬돌에 서서
너를 보며 해득거릴 때

대청마루 할머니
그윽한 눈빛…

먼 길 돌아 이제 와
너의 뜻 헤아리며
새삼스레 눈시울이 붉어진다

정월 보름달

매캐한 짚불 냄새
낮게 깔린 마을에
대보름 달빛 밝다

우러러 하늘 보니
별빛 타고 내리는
곱고 고운 얼굴들

아린 칼바람 불어
달집 그을음 지고
한기 더욱 차지면

고향 마을 벗어나
뒤돌아보는 눈가에
어리는 달 그림자

세월

젖먹이 재워놓고
마실 나온 새댁

젖몸살에
아기 울음
귓가에 맴돌아

휭~ 하니
내달리는 발걸음 같은 세월

씀뻑씀뻑 추억을 안고 돌아가다
언뜻 뒤돌아본
길모퉁이
마른 간짓대에 매달린 빛바랜 깃발 하나

펄럭이는 숨소리에
하얀 귀밑머리 날리는데
처진 젖가슴 아리다

봄소식

먼동이 트는 우이천
둔치를 걸어 북한산
맞으러 가는 길

천상(川床)은 얼어 황량한데
모래톱 배어 나온
듬성듬성 물 웅덩이에

노니는 청둥오리
입김 타고 나오는 소리
꽥 꽥꽥 꽥 꽥꽥

화들짝 놀란 바람
내 콧잔등 올라타는데
상큼하게 풍기는 매콤한 단내

어디서 오는 기별이기에
왜 이렇게 설레는가
콩닥거리는 가슴소리 귓가에 맺힌다

조건적 자유

힘을 다한 날갯짓으로
산상 소나무 굽은 가지에 올라앉아
낡은 깃을 반듯이 접으며

지친 몸 추스르고
맹탕으로 지나왔던
지난날을 회상하려는데

티끌을 몰고 온 바람으로
바들바들 휘둘리는
솔잎들 푸른 아우성

접은 날개를 다시 펴고
유령처럼 흐르는 기류
끝이라도 잡아야겠네

변곡점에 서 있는
허수아비처럼
앞만 바라보고 날아야겠네

새별을 다시 찾는
시작은 그리한다는 조건으로
빼앗긴 선잠의 자유

봄비 소리

잎이 진 가지마다
시린 눈꽃 필 때
동토에 박힌 뿌리
명줄 놓지 않으려
쓰디쓴 신음소리
속으로 속으로 삭였는데

거칠어진 몸
등 거죽 적시며
뿌리박힌 땅 녹이는
신명의 장단 소리에
대지의 숨구멍은 열리는데
취한 겨울잠 몽롱하다

꽃샘추위

마파람 불어와
새벽안개 벗기고
꽃 그림 그려가는
햇살 곱던 날

눌러 쓰고 있던
추억의 벙거지를
벗어 던졌는데

요란스레 찾아온
서릿발 광풍에
소스라치는 꽃망울들

온몸에 돋는 상처는
시절 아까워 참아 내는
영광의 시련
꽃은 거저 피는 것이 아니었다

봄 그림

사람들 넋을 호리는
뻐꾸기 노래에
민들레 색기를 흘리고
꿀벌은 꽃을 찾아 날아든다

고향 떠난 뒤엉벌이
비닐하우스에서
달달한 꿀 마시며
방울토마토 수분(受粉)을 하고

발정 난 암퇘지
종돈 찾아가는 길가에는
개나리 노란 정을
산들바람에 싣는다

한 시절 매몰찬 삭풍에
쓴 내 나게 휘둘린 갯버들
봄바람 춘정에 겨워
살랑살랑 비단 춤을 춘다

삼월에 부는 바람

산수유 여린 꽃망울을
감도는 노란 휘파람 소리
방풍 비닐이 떨고 있다

두꺼운 껍질을 벗겨내고
덧난 상처에 소금 뿌리는
고통의 함성 가까울수록

그리운 이는 그리운 만큼
사랑한 이는 사랑한 만큼
미움을 버리라고 흔들린다

햇살 따뜻한 삼월에 마음
에이는 살바람 부는 것은
산 그리메 꽃이 되자는 것이다

착시

어두운 밤길
머언 발치에서
스르륵 스르륵 기어가는 것,

뭐지!

등골이 오싹
발길이 멈춰졌다

살랑~
미풍이 불었다
움직인다

동공이 커지고
초점이 맞추어졌다

가랑잎?

온몸에 돋은 소름
식은땀으로 흘렀다

두려움이 시각에 앞서 자리하니
가랑잎이 가랑잎으로 보이지 않았다

침묵에 대하여

침묵은 도리가 아니다
고수의 북소리처럼
장단은 맞추지 않더라도
바람의 속삭임에
노송의 손사래 같은
대꾸는 있어야 한다

침묵하는 것은
마음속 비밀 창고에
화롯불을 피워 놓고
두꺼운 철문을 닫아
빗장을 지르는
의미 없는 죽음

무논 개구리 울음소리에도
얕은 파문 일 듯이
북악산 들썩이는
시정잡배 목쉰 외침에
멍한 눈길이라도 주어라
침묵은 도리가 아니다

북한산 둘레길에서

백운대 오름보다
일백칠십 리 둘레길
걸어 얻은 희열은
스스로 알차진다는 것

역사의 접점에서
눈으로 느끼는
종(種)의 뿌리는
진달래꽃으로 피고

먼 훗날의 건널목에서
마음에 와닿는
선인의 자취를
막걸리에 띄워 마시며

옹달샘 물줄기 흘러
실개천 되고 강이 되는 것을
산 가장자리 돌아가며
발부리로 줍는다

익숙한 것으로의 귀환

억새꽃이 흔들린다
온종일 흔들리고
허리가 꺾일 때까지
바람 부는 대로 흔들린다

왜가리가 서 있다
물길 흐르는 대로
발이 부르터지는 줄 모르고
한 발로 서 있다

몸이 꺾이고
피부가 부르터지는
아픔도 익숙해지면
그 또한 삶이 되는 법

흔들리는 물억새
하얀 새 폼이랑
한 발로 서 있는 왜가리
늘씬한 다리가 보고 싶다

어지러운 마음
한없이 편안해지는
익숙한 것으로
귀환하고 싶은 것이다

순심(純心)[*]

땅거미 져 어스레한 돌담장 길
엷은 미소 지으며 무쇠 발걸음으로
주춤주춤 멀어져갔습니다

그 사람은
아지랑이 아롱대던 날
토끼풀 하얀 꽃 무더기
네 잎 클로버였습니다

그 사람은
뙤약볕 매섭게 내리쬐던 날
원두막 시원한 그늘의
수박빛 실낱 바람이었습니다

그 사람은
갈색 낙엽 하나둘 떨어지던 날
석류의 빨간 속살 틈새
영롱하게 영근 알갱이였습니다

그 사람은
하얀 눈 소복이 쌓였던 날
재 넘어 무밭 갈기진 골을 밝힌
고고한 상현달빛이었습니다

북반구 어느 하늘에 오로라 춤추고
반백이 되어버린 침대맡에 어둠이 스며들면
나는 잠들어 미소 지을 그 사람 찾아 떠나렵니다

*이별이 서러워 종일 울던 누런 얼굴에 횅한 눈동자, 마지못해 떠나며 지어야 했
던 엷은 미소를 잊을 수 없는, 지극히 순수한 마음을 '순심(純心)'이라 해봅니다.

솔잎 빛깔

잔설에 덮여있던 솔잎
눈 녹아 더욱 푸르러 고와도

연두 새잎이 태어나기를
종일 염원하였지

섣달그믐 깜깜한 밤
북서풍에 흩날리는 낙엽처럼

밀려오는 생각으로 순간을
머물지 못하는 요사스런 마음

다 비워버리자
사랑의 노래를 부르자

잊혀진 님 추억의 파편이
가슴을 메여 올지라도

눈 녹아 젖은 솔잎보다
새로 돋아 그대로 푸르러 보자

벚꽃놀이

밤사이 드리워진 새하얀 장막에
속살대는 연두색 봄바람
환상의 꽃물결이 파도쳐 온다

하늘하늘거리는 꽃잎 하얗고
너울너울 춤추는 햇살 하얗다
꿀벌 날개 짓는 꽃향기 하얗다

하얀 꽃그늘 자리마다 키득거리는
아가씨들 교성의 하얀 웃음소리에
울렁이는 한량의 마음마저 하얗다

눈이 부셔 환장해버릴 것 같은
짧은 봄날, 바람에 날리는 이파리들
속살 떨리는 절정의 황홀함이어라

내 안의 너에게

잠에서 깨어나
아침 마당으로 들어서면
한시도 진득하지 못하고
감정의 골짜기를
오르내리는 너

생각의 문을
막고 어깃장 놓으며
하고 싶은 의식을
송두리째 빼앗는 너는
어쩜 그리 애물단지인 거냐

신중한 선택의
시점에 서 있을 때면
애증의 영역을
동시에 판단해야 하는 것조차
이해하지 못하는 너

있는 그대로
자유롭고 싶은 나를
울먹이게 한 너는 누구인가
리트머스 시험은 끝내자
진솔한 사랑을 노래 부르자

임자

이런 것인 줄 몰랐습니다
아무도 듣지 않는 중얼거림이 외로움인 것을
차라리 하루 종일 무법자를 찾아
사막을 떠도는 총잡이가 되고 싶습니다
그러면 석양 녘 노을에 비치는
'마켓나의 황금'을 찾을 수 있을지 모르니까요

이런 것인 줄 몰랐습니다
창밖을 보며 우두커니 앉아 있는 것이 쓸쓸함인 것을
시시콜콜 이야기를 하고 싶고
진부한 말이라도 듣고 싶습니다
그러다 하루가 허무하게 가버립니다
내일 하루도 짧겠지요. 아마,

이런 것인 줄 몰랐습니다
홀로 소주를 마시는 것이 고독이란 것을
혼자 술을 마시는 것은
혼자라는 것을 잊기 위해서입니다
그래서 망설이다 노점 할머니 꼬질한
좌판의 두부 한 모를 샀습니다

이런 것인 줄 몰랐습니다
붉게 물든 저녁노을을 보는 것이 그리움인 것을
이웃 아파트 유리창이 선홍빛으로 비치는데
어제 이맘때는 노란빛이었습니다
그렇지만, 오늘 붉은 노을 꽃은
임자의 얼굴입니다

이런 것인 줄 몰랐습니다
고적한 방에 임자의 온기를 생각하는 것이 숙명인 것을
누르고 눌렀던 가슴이 메어
창문을 열고 하늘을 봅니다
하늘엔 별도 달도 없습니다
오늘은 무척이나 별이 보고 싶습니다

우이천 잉어

　화창한 봄날 우이천, 가늘게 난 물골 따라 물이 졸졸졸 흐르고 있었습니다 시궁창 냄새나는 웅덩이 서너 개를 거치며 가래 끓는 숨을 이어가고 있는 얕은 구덩이에서 퍼덕거리는 소리가 들렸습니다 어른 팔뚝만한 잉어 두 마리가 몸부림을 치고 있었습니다 엊그제 봄비가 풋풋하게 내리던 날 삼각산 소귀골에 올라 등천하려고 한강에서 중랑천 거쳐 우이천을 거슬러 오르다 우화등선 길목인 아름다운 소귀골 계곡을 앞에 두고 체력을 충전하기 위해 물골 깊은 곳에서 잠간 쉬기로 하였나 봅니다 풍족하게 흐르는 신선한 황토물에 취해 장난치며 놀다 보니 날이 저물었습니다 밤새 물이 빠져버렸습니다 물속에서 태어나 물속에서 살았기에 물 걱정은 해보지 않았는데 영문도 모른 채 웅덩이만 몇 개 남은 얕은 물길이 되어버리고 급기야 물웅덩이에 갇혀 펄떡거리는 신세가 되었습니다 노는 데 정신 팔아 그렇습니다 하나둘씩 산책하러 나온 사람들이 구경거리를 만났습니다 웅덩이를 빙 둘러서서 들여다보며 가느다란 막대기로 놀래켜 보는 사람 있었고 돌을 던지는 사람 또 구경하며 침을 삼키는 사람들 모두 신이 났습니다 한편에서는 어쩐다니 하는 소리도 들렸지만 이내 시끄러운 소리에 묻

혀집니다 수면 밖으로 나온 잉어는 체념한 듯 뻐끔거리며 커다란 눈으로 우이천 둑방에 지천으로 핀 노란 꽃을 하염없이 바라보고 있었습니다 다음 날 아침 그곳에 잉어는 없었습니다 우이천 물은 얕게 흐르고 사람들은 바쁜 걸음으로 무심히 지나쳐 가고 있었습니다

섬진강 강가에서

제비꽃 만발한 강변 풀밭에
한껏 달아오른 봄바람이
살랑살랑 보랏빛 춤을 추고

암벽 위에 풍매화 소나무
출렁이는 강물 위로
송홧가루 황금빛 띠 곱게 두르면

송화분 젖는 냄새에
짝 찾는 은어들 한달음 달려오는 소리
흐르는 물결을 일으켜 세우고

관목 우거진 숲 덤불에서
까투리 부르는 장끼의 목쉰 노래에
밤나무 양향(陽香) 동산을 넘는다

2부

오월의 향기

구부정한 허리
안짱다리 걸음
백발의 세 할머니가
아침 산보를 하고 있다

"햐~ 냄새 좋다"
"그러네~ 잉"
"저기, 언덕 넘어 아카시아나무 있는디…"

백수(白手) 예찬

개흙처럼 풀어진 몸뚱어리
극세사 담요 위에 누워
이지적 자각(自覺)을 잊을 수 있어 좋다

방구석에 팽개쳐진 허드레
걸레처럼 잃어버린 세월
괴기드라마 각본을 기억하지 않아도 좋다

빈속에 삼킨 마른침 사레로
낯빛 창백해지도록 컥컥댈 때
서럽다고 흘릴 눈물이 없어서 좋다

방충망 사이로 어둠이 내리고
총총한 별빛 일렁일 때
눈을 비비고 부스스 일어나

드라큘라 검은 망토를 걸치고
자기 그림자 타고 날아
부활하는 사랑, 찾아갈 수 있어서 좋다

시간에 얽이지 않고
체면치레 눈치 볼 일 없으니
어리석은 삶이 스스로 의젓해서 좋다

꽃비에 젖어

추적추적 봄비가 내립니다
종일 내려 피었던
꽃잎이 흠뻑 젖고 있습니다

아파트 동간(洞間) 화단에서
목련꽃은 하얗게 젖고
개나리꽃 노랗게 젖었습니다

꼬막손들이 풀 매주던
초등학교 운동장 옆 자투리 화단
진달래꽃 붉게 젖고 있습니다

가로공원 줄지어 서 있는 연분홍
벚꽃도 비에 젖었습니다
벚꽃 잎 빗방울 되어 땅에 내립니다

떨어진 꽃잎들이 꽃길을 만듭니다
보라색 제비꽃이 손 흔드는 언덕 아래
아스팔트 길은 하얗게 모자이크되었습니다

개나리 노란 외투는 바람에 날아가고
연두색 새잎이 봄비를 맞으며
봄 향연 마지막 무대가 젖어가고 있습니다

라일락 향기마저 봄비에 젖어
떠나가는 창가에 우두커니 앉은 나는
떠난 꽃을 생각하며 꽃비에 젖고 있습니다

오월에는

오월에는
햇빛 곱게 내려앉는
고즈넉한 작은 뜰에
노란 꽃을 심고 싶다

한 바가지 물을 들고
무시로 찾아가
잡초를 뽑으며
소곤소곤 이야기하고 싶다

꿈결에서 본 듯한
몽환적 분위기를 만들고
커피를 마시며
노란 꽃을 보고 싶다

시한부 병상의 아버지,
네 어미가 좋아하던 오월
그 계절에 죽고 싶다고
수없이 되뇌이던 오월

개나리보다 더 샛노랗게
마음속 더께 진 세월을
가다듬는 꽃 하나를 심고 싶다
오월에는

봄비 오는 날

홀로된 과수댁의
외딴집 뒷동산

초록빛 이슬비
내리는 산길 홀로 걷는다

고라니도 까투리도
보이지 않고

엉겅퀴 붉은 꽃만
비에 젖어 선명한데

숲속 어디선가 들려오는
검은등뻐꾸기 울음소리[*]

홀딱 벗고~
홀딱 벗고~

과수댁의 자지러지는 한숨 소리

*외로운 사람에게 들린다는 '검은등뻐꾸기 울음소리'

오월의 향기

구부정한 허리
안짱다리 걸음
백발의 세 할머니가
아침 산보를 하고 있다

"햐~ 냄새 좋다"
"그러네~ 잉"
"저기, 언덕 넘어 아카시아나무 있는디…"

세 할머니 얼굴에서
향긋한 오월의 향기를 풍기고 있었다

"근디, 내년에 그 나무 있을랑가 몰라~ 잉"

바닷가에서

바닷가에 외로이 앉아
잊어버린 꿈을 찾는데
덤으로 다가오는 그림들

언덕배기 해송의 갈기를
부여잡고 흔들리는
자취 없이 푸르른 바람

승무의 춤사위로
몽돌 사이에 잦아드는
파도의 하얀 파랑들

귀암(龜岩)의 등을 타고
하늘로 오르는
하얀 구름 하나

몸은 온통 바다에 잠기고
마음은 쪽빛으로 물들어
그대 향한 그리움으로

오롯이 갈매기 날갯짓을 생각한다

원추리꽃

신이 그린 그림은
창가 화병에 꽂아놓은
원추리꽃 한 다발

아침에 피었다
저녁이면 시들어 떨어지고
피지 않은 꽃봉오리 다시 피는 너

그해 여름 어둑어둑 저물녘
그 소녀 방 들창 위에
원추리꽃 한 다발 올려놓았었지

화병에 꽂혀 그 소녀
창틀에 놓여지던 날
열꽃 피는 가슴앓이 했었는데…

햇살 고운 오늘 아침
담장 밑에 줄지어 핀 원추리꽃 한 다발
빈 병에 꽂아 내 창가에 올려놓았다

강아지풀과 비비새*

연녹색 햇빛이
물결 따라 아롱대는
개울 옆 방천길

작은 비비새 한 마리
강아지풀 줄기에 매달려
바람길을 잡는데

가냘픈 줄기 꽃 이삭이
못 견디게 아우성치며
검질기게 흔들린다

사랑하는 마음 깊으면
아픈 마음 어루만져
흔들릴 때 떠나는 것

비비새는 날아가고
바람 소리조차 없었는데
깃털 하나 떨어져 있었다

*비비새: '붉은머리오목눈이'의 다른 이름.

구슬치기

아이들이 구슬치기를 하고 있었다

한 아이가 말했다
"구슬 열 개 땄다"

콧물을 흘리던 아이가
땅에 있던
구슬을 발로 감추며
"이건, 내 꺼야!"

그중 제일 작은 아이가
울면서 말했다
"내 꺼도 있는데…"

아이들 구슬치기
울음판이 되었다

유리구슬
보물이었다

설악해맞이공원에서

간밤에 퍼마신 술로
일렁이는 묵빛 바다

춥다, 서 있어서 춥고
바라보는 것도 너무 춥다

해야 솟아라
솟을 대로 솟아라

가만히 있어도
울산바위 비출 햇빛아

고깃배 지나는 길에
황금 줄을 긋어라

하이얀 입김 호호 불어
백사장에 묻어 둔 옛 추억을 깨우리라

하동포구

달래나루 전설이
고요히 흐르는
여울목마다

은어들 사랑싸움에
몸살 앓는 재첩이
자갈 사이로 숨어드는데

다도해를 떠나온
하얀 파도는
지리산 송림 위를 맴돈다

유랑 길 내가 머물고
갈대 숨소리 여울지는
하동포구에서

자맥질하는 갈매기
도도한 물길에서
등목하는 중천의 해를 잡는구나

백록담에서

도무지 알 수 없는 암흑 속에서
불가사의 불기둥이 솟구쳤을 것이다

은하수를 사랑한 원초적 본능의
격정적 포효(咆哮)가 그렇게 시작되어

몇 날인지 모를 긴 밤을 사랑하며
분출한 붉은 정액이 남해의 질 속에서

전율하던 쾌감으로 잉태되고
바람의 씻김으로 신비롭게 태어나

하얀 운해 속 선산으로 우뚝 서서
범접할 수 없는 불멸의 삶이 시작되었을 것이다

도무지 알 수 없는 인연 속에서
마음 울렁이는 잠재된 갈망이 터졌다

꿈속을 노닐던 흰 사슴의 의미는
손녀의 탄생을 점지한 삼신할미인가

일 갑자 세월을 허송하며 방황한
무거운 발걸음이 선경으로 옮기어져

참나무 숯불이 은근한 할머니 방
무쇠화로 같이 편안한 백록담을 눈으로 그렸다

잿빛 상처를 스스로 다독여 이루어진
내 영혼의 뿌리에서 인생의 의미를 찾는다

노원역 비둘기

지하철 4호선 노원역이 있고
지하철 7호선 노원역이 있다
4호선 노원역에는 비둘기가 날고 들며
7호선 노원역에는 비둘기가 없다

자유 평화 통일의 철길이 있고
자주 민주 통일의 노선이 있어
깃털 색깔이 제각각인 비둘기들
햇볕 드는 역사 처마에 옹기종기 모여 산다

꾸역꾸역 오르내리는
에스컬레이터에 실린 인생들
노란 옷 입은 사람은
비둘기는 평화라고 한다

휑한 눈을 비비며 오고 가는
서러운 밥통들만
발바닥에 똥칠을 한다
때로는 머리에 똥 벼락을 맞기도 한다

노원역 비둘기는 소리도 없이
파르티잔 전술을 구사한다
목적은 수단을 합리화 시킨다며
똥을 내깔기고 깃털 속 바이러스 털어댄다
비둘기 지들만의 욕구 달성을 위해서

주상절리 소묘(素描)

눈으로 보고도 믿기지 않는
소름 돋는 아름다움이 실재함을
진실로 고백하지 않을 수 없다

푸름이 얼마나 깊으면 옥빛이 될까
붉음이 얼마나 조밀하면 검붉어질까
모양새 얼마나 두드리면 육각이 될까

옥색 바닷물이 춤추는 해안에
검붉은 육각형의 신령스런 형상
신의 빛이여, 신의 자태여!

숙명적으로 응축된 관능의 도취,
불바다의 극심한 혼돈을 극복하고
아수라장에서 살아남은 신의 은총이다

생명이 연소 되는 탄생의 고통에서
찰나의 순간에 영글어진 생존의 충족감
승리자의 진정한 아름다움이었다

여름밤 가랑비의 서정(夏夜 細雨의 抒情)

내리는 가랑비를 무심히 바라보다
냉장고에서 꺼내놓은
천도복숭아 살갗에 성긴 이슬을 생각한다

천사의 입김일 거야
간헐적으로 자극하는
섬세한 터치에
먼 하늘 어둠 속에서 들려오는
자지러지는 신음 소리와
부옇게 서려지는 밤안개를 보면

배설하는 천상의 진액일까
머금고 있던 욕망
그 쾌락의 잔재일지 모르지
담배 한 개비를 꺼내 물며
번쩍하고 라이터 불을 켜
땅 위에 떨어졌을 또 다른 흔적을 찾아본다

자만의 본능은 죄업이 될까
먼 훗날 역사가 평가하리라

어쭙잖은 핑계로 위안을 삼으며
어둠의 뒤로 몸을 감추고
느끼한 비바람에 혼탁의
비열한 코웃음을 남긴다

이슬에 대한 상념은
미루나무 잎사귀 춤사위에 사라지고
남은 밤을 위해 베개를 돋운다

동트는 아침을 맞으리라
검은 구름이 대지를 감싸고
백만 대군의 함성이
길을 막아도
한 줄기의 빛을 찾기 위해
동녘을 향해 진군하리라

가랑비 가는 길 어디이며
소낙비 가는 길은 어디인가
열정의 길은 흘린 땀으로 만드는 것을
모르는 자 누구인가
진실은 눈을 가려도
섭리대로 귀일하는 것인데

창공을 나는 까마귀 떼
꼬리의 방향을 알 수 없어
발길 머물게 하는
거짓의 허상들
참수리 날갯짓으로 날려버리면
참된 길이 열리리라

아스라이 가랑비 소리가 들린다
풀잎이 젖고 나무가 젖어
도랑이 되고 강이 되어 연주하는 그들의 교향악 소리

솔잎과 갈잎을
촉촉하게 적시고
대지를 적셔 나무마다 물이 오르면
무성하게 푸르러진 잎은
위대한 애벌레들의 성찬
사각사각 갉아먹을 것이다

소나무 참나무
솔솔 부는 바람과
졸졸 흐르는 계곡의 물은
아름다운 공생을 꿈꾸었다
참살이의 본질을 아는 것이다
가랑비의 교향악이 울리기 전까지는

본질을 아는 이는
여름밤 가랑비에 흔들리고 있다
조곤조곤 내리는 가랑비가
그들의 마음을 적시고 있다
시인은 술을 마신다
얼마나 취하는지 배분적 정의를 시험하는 것이다

녹음

양수리 어디께 쯤
있다는 뽕잎칼국수를
먹고 싶다는 딸내미

만사 제쳐두고 달려가
뽕잎 푸르르게 우거진
칼국수를 먹었다

"커피 한잔하고 가요"
"칼국수에 커피?"
"그냥 가기 아깝잖아…"

경춘고속도로 높은 다리 옆
초록빛 잔디가 클래식 음악을 연주하는 마당을 지나
고풍스런 갤러리 이 층, 카페

커피 향에 젖은 딸래미,
온통 푸른 밖을 보며

"녹음, 음~ 시 한 수 지었으면 좋겠네"

착각의 향연

퇴근하는 전철 안
더위에 지친 사람들 쳐져 있는데
맞은편 의자에 앉은 미모의
여인이 윙크를 한다

찰나의 순간,
머언 기억까지 더듬어 봐도 도저히 알 수 없는 미지(未知)
괜스레 가슴 두근거리고
얼굴이 화끈거렸다

정차하는 다음 역 멘트가 방송되고
여인이 일어나 눈웃음 지으며 온다
군침을 삼키며 엉거주춤 일어나는데
조용히 다가와 속삭이는 귓속말

"아저씨 옆에 아저씨, 남대문 열렸어요"
멍한 탈진, 주저앉아 한숨을 몰아쉬고
옆자리 남자에게 퉁명스럽게 말했다
"남대문 열렸대요"

미모의 여인 반짝이던 눈동자
착각의 향연에 밤새 잠을 설쳤다

毘盧峰(1) 소백산에서

순백의 장옷을 덮고 누운
잠자는 나부(裸婦)인 듯 관능적 양감(量感)이
새벽이슬에 젖어 황홀하다

조류를 거슬러 헤엄을 치는
민어의 등지느러미 같은 주목들이
관음증에 미쳐 흐느적거리고

납작 엎드린 초췌한 풀들이
바람의 소리에 취해
광기 어린 춤을 추는데

상고(上古)의 미태(美態), 비로봉
청정한 마음은 흔들릴 때 이루어지느니
흔들리는 관능, 종일 흔들렸다

毘盧峰(2) 오대산에서

오르면 오르리라
제풀에 겨워 덤벙대며 오르다
비탈진 깔딱 고개에서
게거품을 물고서야
할머니 단속곳 주머니 알사탕이 생각났다

전나무 숲길에 탁발승은 없고
능선마다 지분 냄새 진동하는데
부처님 진신사리 모신
적멸보궁 뒤란에는
다람쥐가 도토리를 찾는다

멀리서 그리워했던
너그럽게 펑퍼짐한 비로봉에 올라
짭짤해진 속살을 꺼내
황태덕장 명태처럼 걸어놓고
바람의 염불 소리에 지그시 눈을 감았다

飛蘆峰(3) 치악산에서

숨을 몰아쉬는 정상에는
수없이 많은 인연들이
홀연 돌무더기에 앉아 있었다

길 위에서 거치적거린
볼품없는 작은 돌멩이가
좌대 되고 탑신이 되고

정성 어린 돌탑이 되어
읊조리는 묵언 계송에
나무들 바라춤을 추는데

보은의 슬픈 전설을
가부좌한 비로봉에서
침묵으로 새겨들었다

그레이트 오션로드(Great Ocean Road)에서

세계대전, 빗발치는 포화 속에서
돌아온 전사들 승리의 전설은
남극에 맞단 바닷가 도로에 살아있었다

남빛 하늘이 푸르고 푸르러
푸른 물결의 파도가 하얗게
되었다는 것을 두려워 마라

빙하처럼 눈부신 캔버스에서
잠들어 깨어나지 않는 황금빛
단애를 보고 두려워 마라

따스한 햇볕이 노랗게 내려앉은
백사장에 무아지경의 동심을 심고
헤매야 하는 것에 두려워 마라

생면부지 낯선 곳에 마음과
마음으로 맞닿는 수평선이
있다는 것을 두려워 마라

진정으로 두려운 것은 아름다움을
아름답게 표현할 수 없어 나 홀로
절망에 빠지는 도로가 있다는 것이었다

3부

길의 회상

앞이 훤한 민둥산에는
박새도 집을 짓지 않는단다
계곡이 없는 산은 산이 아니니라
네가 갖추어야 할 길이 따로 있고
내가 갈 길이 따로 있단다
애써 네 할 일 열심히 하거라

그런 길이 있었습니다

별 볼 일 없는 날

오래전부터 별을 볼 수 없었다
사람들은 별이 있다고 하였다
'저 별은 너의 별' 하던
어두운 밤하늘에 별은 보이지 않았다
밤하늘의 별을 세어 본 것이 언제이던가
부연 하늘에 북한산도 보이지 않았다
철길 건너 아파트 불빛만 아른거린다
희미한 도봉산 그림자 밑에
만리장성처럼 줄지어 서 있는
시멘트 궤짝 괴물들 묘한 불빛만 괴기스럽다
수없이 많은 불빛을 세기 시작하였다
막걸리에 취해 흔들리는 불빛들
하나 둘 셋 세면, 하나둘씩 꺼진다
아니, 다시 켜진다
하나 둘 셋 넷… 불빛은 정녕 자다 깨고 또 자고 있다
표리부동한 불빛의 반칙으로 별들은 핍박을 받아
잠을 자는 척하는 것이다
진실의 감성이 가고 없어
별을 볼 일이 없는 것이다
세고 나면 꺼지는 불빛보다

더 많은 꺼지지 않은 별들이 숨을 죽이고 있을 거다
저 불빛이 꺼지면 별을 세야지
별을 세다 세다가 선 채로 잠을 잘 거야
그래도 속 깊은 한강 물은 출렁출렁 흘러가겠지

내구연한

보기만 해도 흐뭇한
신발장 깊숙이 간직한 운동화 한 켤레

몇 해를 아끼고 아낀, 며늘아기가 사준 명품 신발
이른 아침 소슬한 산책길에 발동무하였다

육십여 분 절반의 길 돌아설 때
절퍼덕, 절퍼덕… 밑창에서 사단이 났다

네 예쁜 청춘을 무참하게 유린한
진한 회한의 아쉬움

이를 어쩌나, 신발에도
내구연한(耐久年限) 있음을 잊고 있었구나

며늘아기 고마운 사랑을
검정 비닐봉지에 넣어 보내야 했다

징검다리에 서서

산이 높아 보이는 것은 내가
산이 되었기 때문이다

노을이 아름다운 것은 내가
노을이 되었기 때문이다

시냇가 애기똥풀 황금색 꽃이 예쁜 것은
내 애기 때 사랑받은 시절 있었기 때문이다

하천을 가로지르는 징검다리에 서서
물결 흐르는 모습 멋지게 느끼는 것은 내가

험한 물길 건너는 그대 위해 선뜻
징검다리가 되고 싶은 것이다

시류 인연

알아도 아는 척 하지 마세요
모르는 것이 좋을 때도 있습니다

몰라도 모른 척 하지 마세요
안다는 것이 좋을 수도 있습니다

어느 절 대웅전 처마 끝에
매달린 풍경의 소리는

한 조각 뜬구름에 흔들려
천상의 소리를 들려줍니다

사는 것
이와 같아서

알아도 모른 척
몰라도 아는 척

성스럽고 잡스럽고
흔들리는 느낌대로 사는 거랍니다

만남은 세월 따라 완성되는 수채화 같아서
애당초 시류의 인연 따라 간답니다

소요산(逍遙山)에서

자재암 지나
방부목 계단을 오르니
가쁜 숨이 무릎에 붙었습니다

하백운대 거쳐
중백운대 넘어
상백운대에서 쉬고
칼바위 능선을 타고 가다

선녀탕이 있다길래
날개옷이나 줍자고
잔설이 얼어붙은 응달진 비탈을
미끄럼 타고 내려오니

선녀는 간데없고
원효대사 도낏자루
옛이야기만
계곡의 돌 틈 사이로 끊어질 듯 흐르고 있어

칼바위 능선에 홀로
서 있는 노송의
마음만 주워 담고
해탈문 옆으로 돌아 나왔습니다

길의 회상

마음 심란하고 생각이 허접하여
갈길 잊고 서성일 때면
또렷이 생각나는 길이 있습니다

옹기 항아리 머리에 이고
동네 우물물 길어 나르던 어머니
"엄니! 물 길어 올까?" 하였더니
"고맙지만 나가 친구하고 놀아라" 했습니다

너덜너덜 낡은 수건으로 머리를 감싸 매고
보리 까시락이 풀풀 날리는 도리깨질 할 때
"나도 해볼래, 도리깨 주세요" 하였더니
"아서라 방에 들어가 공부나 해라" 했습니다

물 빠진 검은색 몸뻬바지를 입고
가리나무 한 짐 짊어지고 내려오던 산비탈에서
"내가 짊어지고 갈게" 하였더니
"네가 할 일이 아니다" 했습니다

앞이 훤한 민둥산에는
박새도 집을 짓지 않는단다
계곡이 없는 산은 산이 아니니라
네가 갖추어야 할 길이 따로 있고
내가 갈 길이 따로 있단다
애써 네 할 일 열심히 하거라

그런 길이 있었습니다

유월 초하루

대지를 감싼 운무
그 속에 의연하게 솟은
불모산 그 기슭
귀치골에 날은 밝아
유월 초하루

묏 등성이 노송 아래
생율의 단맛이 감도는
밤꽃을 따라
꿀벌의 날개 짓는 소리가
개울 물소리처럼 싱그러운 날

층층 다랑지 논두렁
만큼 구성지는
제철 산딸기의 새콤달콤한 맛보다
더 깊고 맛난
사랑의 참맛

아이야!
너는 사랑의 메신저
내 맘을 전해주겠니?
오늘은 유월 초하루
우리 님 생일이란다

북한산 둘레길에서

산꼭대기 오르려는
타성이 구불구불
산길에서 맥을 놓고

끝없는 소유의
본능이 골목골목
마을길에서 산화한다

활주의 쾌감보다
느림의 희열이
산보다 높아지는 걸음걸이

화려한 산행보다 소소함이
마음을 가득 채우는
질박한 북한산 둘레길

햇볕의 비열한 고마움이
찾아든 나무 그늘에서
따갑도록 시원스레 다가온다

감꽃 떨어지는 아침

고요한
아침에
대지가 흔들리면
감꽃 하나 떨어진 것이다

둥그스름 사각형
노오란 통꽃을
주워 들고 보니
가슴 울컥하는 그리움 하나

툭툭 떨어지는
감꽃을 모아
비료 포대 질긴 실에
끼운 감꽃 팔찌

내 어린 고사리 손목에
매어주던
어머니,
실눈 웃음 눈에 선하다

이별, 그날이 오면

파란하늘 먼 곳에서
뭉게구름 밀려오면
비가 오려나 하지만

대낮이 어둑어둑해지고
눅눅한 바람 불어오면 홀연
대기를 누르는 두려움이 슬금슬금 다가온다

마음속으론 길가에
가로수처럼 흔들려도
푸르게 푸르리라 다짐하지만

정든 사람 헤어짐에
밤새 뒤척뒤척
창에 스치는 헤드라이트 불빛만 센다

이별, 그날이 오면 쉽게
새로운 시작이라 말을 하지만 사실
만나던 날로 돌아가 속으로 우는 날이다

다알리아꽃*

서울로 가자던 자식들 말에
네 아비 손때 묻은 이 집이 편하다며
손사래 치시던 당숙모

객지로 나간 일가붙이 오면
잠자리 내어주며
어미로 생각하라던 노구(老軀)

살짝 쉰 웃음소리 고샅까지 번질 때
티끌 하나 없는 화단에
수더분한 다알리아 빨간 꽃들이 피었었다

문짝이 떨어져 나가고
다알리아 씨 뿌리 월동하던 옹배기는
산발한 잡초마당 한구석에 널브러져 있는데

땅거미 내린 집성촌엔
한두 집 건너 드문드문
피어오르는 저녁 연기마저 외롭다

*빨간 다알리아 꽃말: 당신의 사랑이 나를 행복하게 합니다.

청평사 가는 길

청평사 가는 길을 물었더니
산길 물길 모두가 길이라네

오봉산 가파른 산길에는
오리나무 초록 깃발 흔들며 가고

소양호 백 리 파란 물길에는
흰 구름 바람 타고 헤엄쳐 가는데

양반 탈바가지 뒤집어쓴
겉보리 죽 쑤어 먹을 놈

대나무 말을 타고 유유자적
산길 물길 물어물어 오더니

상사의 윤회 벗는 회전문을 지나
피안 향한 그림자 길게 늘이네

감자와 손녀

오후에 손녀들 온다고
일요일 꼭두새벽에 마누라
감자 캐러 가자고 깨운다

파종하고 정성스레 키운
주말농장 햇감자를
먹이고 싶은 할미의 마음

적당한 크기로 골라 삶은
모락모락 김이 나는 포실포실한
감자를 본 손녀들, 일언지하!

"마이쮸 주세요"

하비는 쪼르르 일어나
마트에 가기 위해
급하게 옷을 챙겨 입는다

우중 지리산 절반의 종주

후드득 후드득 떨어지는 빗소리
두근두근거리는 심장 소리
캄캄한 새벽 성삼재를 다지는 울림이다

알록달록 색색의 비옷으로 무장하고
랜턴의 불 칼로 장대비를 헤치며
암흑을 베어 길을 내는 산자(山者)들

갈참나무 잎사귀 빗방울 맞아 떨고
새날 여명은 먹장구름에 가려 떨고
지리의 능선은 폭풍에 날려 떨고 있는데

배낭을 멘 어깨는 무거워 떨고
등산화 신은 발은 물에 불어 떨고
저체온 추위에 파래진 입술 떨려도

질퍽질퍽 걸어가는 실핏줄 같은 산길
내일은 천왕봉 일출을 볼 수 있겠지
종주 끝에 오는 희열을 기대하는 것이리라

어찌하랴! 하늘에 고하지 아니한 분노
지리의 근육은 이완되고 핏줄이 막혔다
돌리는 발걸음에 빗물이 눈물처럼 흐른다

시리도록 파란 달(碧宵寒月)을 가슴에 안고
밤을 새우지 못한 서운함보다 얄미운
절반의 종주, 가슴은 시커멓게 멍들었다

비의 유랑

장맛비 내리는 날 들창으로 스미는
비릿한 그리움이 고개를 들면
빗방울은 정처 없는 유랑을 떠납니다

처마 끝에서 첨벙첨벙 뜀뛰기하고
질경이 잎에 데굴데굴 뒹굴기도 하고
아스팔트 길 위 물꽃으로 팔짝 피어나고

때로는 섬돌 광장에 들리어
걸쭉한 육자배기 한 곡으로
세상사 시름을 씻기도 하면서

물안개 피어나는 강줄기에서
너와 나 간극 없는 한 몸이 되어
넘실넘실 환희의 춤을 추며

몸이야 멍울지고 깨져도
제 흥에 겨워
낮은 곳으로 흐르는 혼(魂)줄

격랑의 유랑 길을 물 흐르듯
흔들리는 대로 흘러가는 자유
빗방울 되어 깨달아 가고 있었습니다

보고 싶은 얼굴

앞마당 돌담 밑 고들빼기
노란 꽃 피면
간장독 묵은 때 씻어내던
투박한 손길 어머니가 보고 싶다

사랑채 앞 화단의 골담초꽃이
향기를 보듬으면
환절기 잔기침하시던
주름진 할머니가 보고 싶다

미풍에 실려 온 햇살
고운 날이면
가을 찬 서리에 떨어진
이쁜 낙엽 골라 줍던 누이의 어린 모습이 보고 싶다

장독대 메주 숙성되어
부글부글 끓어오르면
담장 넘어 어른거리던
곱게 치장한 사촌 누님도 보고 싶다

흰 눈이 질펀하게 날리던 날
새벽빛 붉어지면
펄럭이는 깃발같이
어슴푸레한 얼굴들이 보고 싶다

독도 여정(1) 새벽 묵호항에서

여정의 시작은 설렘이었다
등댓불 반짝이는 항구의 밤
쉼 없이 들려오는 바다의 노래는
유객의 마음을 파도에 태운다

하얀 파랑의 목마를 타고 밤새
뒤척이다 무거워진 머리를 어스름한
새벽 묵호항 멀리 희뿌연
수평선 위에 살포시 내려놓으면

채낚기 배들은 집어등 불빛을
콘크리트 방파제 블록 위로 올리고
늙은 어부의 고단한 편린을
오징어 비릿한 냄새에 실어오는데

어둠을 사르는 선홍빛 일출이
마파람을 타고 수줍게 다가오는
첫날의 울렁거림이 시작되었다

기다려라, 홀 섬의 외로움이여!

독도 여정(2) 성인봉에서

울렁이는 뱃멀미를
쪽빛 바다에 묻어버리고

뭔지 모를 애련한 사연이
있을 거 같은

선녀의 낯빛을
바라보고자 올랐더니

성인이 노닐던
'聖人奉'(성인봉) 표지석 아래에는

세속의 족적들로
바위만 번들거린다

아서라, 이곳에 서서 바닷속
헤어진 홀 섬의 형제를 찾아보리라

독도 여정(3) 독도를 바라보며

뻔뻔한 사람은 오지 말라고
가는 뱃길 그리 험하여
뱃속을 뒤집어 토악질시켰나 보다

너울대는 묵빛 바닷물에
씻기우고 씻기운 네 몸이나 내 몸은
멍들고 구멍 나고 주름투성이로 묘한데

너는 지구의 원심에 눌러앉아
가슴에 품은 뜻이 고고하거늘
어찌 홀 섬이라 외롭다 하리오

백의민족의 창대한 염원이
무한하게 뻗어가는 발판임을
괭이갈매기 비상으로 알 수 있었다

아~ 외경(畏敬)의 떨림이여!
250만 년 전에 타올랐던 불꽃,
내 뜨거운 가슴으로 맞이하노라!

평창강에서

내 머리에는 무지하게
내리던 함박눈이 쌓였다

흐르던 물이 얼고
은반 위로 하얀 눈발이 날렸다
패딩으로 동여매고
앉아서 사랑을 알려주던
평창강 둑방 가장자리에는
빨간꽃벼슬 맨드라미가 피어있다

그리움이 퉁가리 같아
견지낚시로 건져 올릴 수 있다면
아롱지는 물길에
작은 보를 막아보련만
장맛비 그친 큰 물살에
그림자 비침도 없구나

강물은 흐르고
슬픔과 그리움도 속절없이 흘렀다
함박눈이 내리면
흘러간 한 시절, 콧노래 부르리라

수국 애상(哀想)

애잔한 그리움이 겹겹이 포개져
커다란 한 송이
꽃이 된,
셀 수 없이 작은 하얀 꽃잎이
뭉게구름처럼 피어난 꽃

마을 우물가 그 꽃
푸른 잎 우거지고
하얀 꽃송이 남모르게 피어날 때
빨래하던 아낙들 웃음소리
초록빛 실개울 되어 흘러갔습니다

삼베 적삼 같은 어슴푸레 새벽이
초가지붕 참새들 깃 다듬는 부리에 얹혀오면
어머니 물지게에 매달린 양동이
출렁이는 물결에 조그만
하얀 꽃잎 두세 개 둥실둥실 춤추며 집으로 옵니다

책 보따리 허리에 동여맨 채
꽃잎 띄운 물 한 바가지 벌컥대며 마시고
오솔길 내달리던 소년,
오늘 그 꽃 하얀 잎 보며
둥실둥실 춤추던 애상에 젖었습니다

괜찮다는 그 말

괜찮다는 그 말이
외롭다는 의미인 것을
이제야 알았습니다

"나는 괜찮다, 애들은 무고하지?"라는
말 뒤에 숨은 외로움
돌아가신 아버지를 생각하며
청포도 송이처럼 알알이
가슴에 맺히는 것은
왜일까?

어제 통화한
딸내미에게 전화를 하였습니다
"우리 강아지 유치원에 갔니?"

그리고,
잘 계시냐고 되묻는 딸내미 말에
"나는 괜찮다"라고 했습니다

'나는 괜찮다'라는 말은
가슴으로 들어야 알 수 있는 말입니다

대둔산에서

천상의 비색
비취 호박 머루 빛이
이슬 타고 내려와
비린(比隣)[*] 모습으로
단아하게 앉아 있는
대둔산 만추의 햇살을 보다가
그보다 더 이쁜
그보다 더 청초한
단발머리 첫사랑
그녀를 생각한다
겨울이 와서
수북이 눈에 덮여도 생각날 사람을

*비린(比隣): 가까이서 사는 이웃.

가을의 추억

노랗고 불그스런
빛깔들이 산을 타고 내려와
감나무에 기대 숨을 고르고
찬 서리보다 더 시린
구절초 순백의 향연이
눈빛 속에 머무는 계절

청계천 물길이
모퉁이를 도는 허름한 살롱에서
흐르던 색소폰 소리에
스타킹 벗어 던진 새벽
묵빛 하늘엔 이지러진 상현달
재를 넘어가는데

북한산 아래 무명 술집
갈색 스카프를 두른 작부의
젓가락 장단에
노랫가락 담을 넘고
메마른 억새꽃은
소슬바람 타고 춤을 춘다

가고 또 가고
다시 오지 않을 이 밤
홀로 서서 밤하늘 보면
가슴을 파고들던 순백의 미소
희미한 기억의 노래로 남아
스치는 바람에도 눈물이 젖는다

4부

겨울 나그네

바람이 분다
눈이 내린다

여름날 그 개미집
위에는 서릿발 서고

잎새 다 떨어진 감나무
곶감 못된 감, 홍시 되어있다

겨울 방아다리 약수터

간밤에 주먹만 한
눈이 하염없이 내렸다

바늘잎 전나무 가지마다
상머슴 고봉밥이 차려졌다

푸짐한 상차림에 상다리는
비틀리고 휘어진다

기별 없이 찾아온
기억 없는 업보에

나무는 온몸을 흔들며
우웅우웅 소리 내어 염불을 한다

바람이 분다
가지에 쌓인 눈이 흩날린다

어지러운 눈발의 아수라장에도
약수는 조용히 솟아오르고 있었다

우이령(1)

고목의 나뭇가지에
걸려 있는 접신의 흔적들

소름이 돋듯 스치는
억만년 영겁의 부연 현상

가슴 스스로 젖는
뜨거운 신비함이

걸음걸음마다
하얗게 하얗게

켜켜이 쌓여
암자의 풍경소리로 들려온다

우이령(2)

삼각산 도봉산에 단풍이 들어
백운대 자운봉이 더욱 붉어 희멀건 날

마음이 노랗게 외로운
소슬바람 횡하니 불고

메마른 갈색 낙엽 하나
소신공양 구도의 몸짓으로

역사의 뒤 안 우이령
황톳길 뒹구는데

붉게 물들은 사해(四海)에서
아직 푸르른 우리들,

떨어지는 잎새 하나 그냥
떨어지는 것이 아님을 알게 되고

머잖은 봄날 새로운 탄생이
있음을 섭리로 느끼며

인연의 소중함을
가슴에 다시 새겨 여미었다

삶의 벅차오르는 참된 가치는
그대와 나의 아름다운 한 마음 동행임을 기억하라

전어

찬 바람이 부는 시월은
전어 철이라는데
전어 한번 못 먹고
해 넘기려나
조바심에 마누라 불러내어
횟집으로 갔더니
자리마다 사람들이
꽉꽉 들어찼는데
모두들 전어가 되어
남해안 한려수도를
넘나들고 있었다
주방장 도마질에 토막토막 회가 되고
소금 간 치는 손길에 구이가 되어
아구적 아구적거리는 입속에서
살과 뼈가 으깨지고 있었다
한쪽 벽면에 걸린
텔레비전에
대통령 되겠다고 나오는 이들
전어 소금구이처럼
고소한 맛 나려나 모르겠는데

그러거나 말거나
전어 트림을 하며
밤하늘에 별을 따서
마누라에게 바쳤다

동신월(冬晨月)[*]

기나긴 겨울밤
새움의 길에서
얼마나 추웠을까

새벽빛 성마른 재촉에
해찰도 못하고

이정표 없는 길 홀로
몸을 살라 불 밝히는
동신월(冬晨月)

검푸른 창공에 그린
비원(悲願)의 원광(圓光)은

엄동 칼바람 속에
물동이 이고 가던
어머니, 부연 숨결이었다

*동신월(冬晨月): 겨울 새벽달의 조어, 어머니에 대한 그리움은 추운 겨울의 새
벽달을 보는 것과 같다.

겨울 태백산을 오르며

눈에 덮인 산을 감싼 어둠을 헤치고
손전등 불빛 희미한 오름의 설렘은

서쪽 하늘 홀로 가는 그믐달의
처연하게 아름다운 미소 때문일까요

철쭉 가지마다 흐드러진
상고대를 보자는 건 아니지요

동녘 샛노랗게 물들인 새벽빛은
가슴 벅차오르는 희망의 실루엣

꿈과 세월의 간극을 메우는
백두대간 모산(母山) 마루에 서서

입에서 나와 얼어버린 입김으로
녹인 손 합장하는 것은

삼신 한배검 알현으로
성철(聖哲)하고 싶은 기원이겠지요

눈이 오는 날

눈이 오는 날은
하얀 나비가 요동을 친다
고요한 마음 뜰에서

갓 탈피한 유충처럼
축축하게 젖고 싶다
북풍 찬바람에 저체온으로 죽을지라도

비틀거리며 날다
여인네 다홍치마 끝단에 처박히고 싶다
일탈하는 그 욕망을 따라

굳은살 박이도록 부대낀
섶자리 낯설어지고
온몸 구석구석이 근질거리는

눈이 오는 날은
요동치는 마음을 다잡아
말로 하지 못한 사랑을 전하고 싶다

난분분(亂紛紛)[*]

오가던 사람들
머리를 감싸고
지하철역 입구로 내달리고

액세서리 노점상 아줌마
진열대를 가슴에 껴안고
은행 문으로 뛰어들고

커피숍 창가
밖을 보던 아가씨들
환호성을 지르는데

나폴나폴 내리는 봄 눈
입 벌리고 쫓아가는 아이들
눈빛 따라 발길이 어지럽다

*난분분(亂紛紛): 세상이 어지럽다. 어지러운 것이 어찌 눈(雪) 때문일까?

겨울 등선대(설악산)에서

하얀 머리
하얀 눈섶에
하얀 나래 옷 입었겠지
신선이란

탁월풍 부는 밤
하얀 운무를 머금어
순백의 꽃으로
피어난 상고대 갔겠지

속된 마음이
빗김질 당하여
몸서리쳐지도록
경외로워지면

등선은 못 할지라도
보는 것만으로 온몸
하얗게 젖어 들어
하늘 끝까지 번지는 미소

억새꽃

땅거미 지는 어둠이
스멀스멀 내려앉고
소슬바람 한 줄기
그냥 스치듯 지나가면

하얀 나삼을 걸친
물억새꽃은
살풀이장단에 마지막 춤을 춘다

화려했던 시절은
말라버린 굴절,
동질의 춤으로
묵빛 여백에 삶의 미련을 담는 것이다

그 춤 바라보는
내 눈은 생각나지 않는
시어(詩語)를 찾아 어둠을 훑는다

만추(晩秋)

치자 빛 곱게 물들인
잎새 하나 춤추고 내려오면

노란 잎 또 하나
춤을 추고

제풀에 흥겨워진 이들
하나둘 이어서 춤을 춘다

찬바람 장단이라도
맞추어 두드리면

맨땅의 형제들 나신 위로
우수수 내려와

사르락 사르락 목이 쉬도록
얼싸안고 노래를 부른다

주어진 멍에를 벗고
떠남을 찬양하는 성찬식

아쉬움에 돌아보는
가을 뒤편이 아리도록 시리다

정년퇴직과 거시기

"그놈 참 거시기 하네!"
내 아기적 뒷집 할매의 촌평

"거시기 가져오너라"
아버지에게 괭이 가지고 갈 줄 알았고

"거시기 좀 줄래?"
어머니에게 반짇고리를 가져다드렸지

스무 살 넘어 거시기는
춘구(春具)라고 군대 고참이 말했다

거시기의 참뜻은
마음으로 주고받는 말

추억으로 남을 싱겁고 험난했던
거시기한 날은 가고

가슴 설레이는 짭짤하게 즐거울
거시기한 날만 남았다 한들

몸담았던 둥지를 떠나며
반추하는 의미는 거시기할 뿐

아~ 오늘은
참으로 거시기한 날이로다

만추의 지리산 둘레길

상수리나무 사색이 된 갈잎들
여름 햇볕으로 빚은 종(種)을 찾아
바위틈을 구르며 헤매고

황금알을 머금은 은행나무는
황금 사원의 자태 인양 잎조차
황금빛 얼굴로 나그네를 품는데

가없는 모정을 하얗게 발현한
가냘픈 구절초꽃 한 송이가
석양 녘 길섶에서 고즈넉하다

돌담장 옆에서 들깨밭 둔덕에서
그리움을 소매 끝으로 잡는 감나무
빠알간 정(情)을 주렁주렁 달았다

억새풀 은빛 춤사위로
나그네 성긴 마음을 위로받고
한 잔의 탁주로 언 육신을 녹일 때

천왕봉 샘터 자갈 새를 스며
동서로 남북으로 흐르는 물길
태초의 암석을 갈고 닦아 전설을 싣더라

삶의 이력을 등짐으로 짊어지고
걷고 걸으며 생각하는 것은
덧없이 흐른 세월을 발걸음으로 비워간다는 것

어느 죽음에 대한 생각

이른 아침에 걸려 온 전화
말꼬리 하얗게 흐려지면
아하, 그분이 홀로
길을 나섰구나

달도 별도 숨어버린
고요한 새벽에
갈대밭을 스치는 바람 한 점
그렇게 가셨구나

보이지 않으면
생각에서 지워지듯이
아침 해 뜨는 소리처럼
잊어버려지겠지

눈을 감고
노랗게 물든 생각들
끄집어내면 삶은
혼자 가는 길이라는 것

상사폭포 앞에서

숲이 우거진 왕산 계곡
고개를 들어 하늘을 봅니다

당신 앞에서 손바닥으로 가려지는
작은 하늘은 티 없이 파란데

큰 바위 하얗게 적시며
하늘을 이고 떨어지는 물길

산화(散華)하는 무지갯빛 포말은
넋을 잃은 사랑의 아픔

멍든 가슴으로 우는 울음소리
반석을 다져 울립니다

서러운 전설에 찔레꽃
영실(營實)은 붉은 알몸 춤을 춥니다

숙자 할매

열여덟에 멋도 모르고 친정아부지 따라왔지
신접 방도 없는 십 남매 큰아들에게,
시할매 시아부지 시어무이 한 방에서 잤능기라
보따리를 몇 번이나 쌌지만
해 지면 얼굴도 못 알아보는 두멧골
도망갈 길을 몰라 살았는데
아들만 여섯을 낳았능기라
시동생 건사하느라 내 새끼
어떻게 컸는지 모르고
벌린 입들 풀죽 채우랴
산으로 들로 싸댕겼던 몸뚱이
용케도 잘 견뎠구마
시할매 초상 치르고 지겨운
남편까지 줄줄이 보내고낭께
쪼매 맘이 편할까 싶었더니
농약 먹고 앞서간 큰며느리
어린 새끼 두고 바람난 막내며느리가
마른 가슴에 대못을 박더라고
다섯 살, 여섯 살 연년생 손주 받아
멕이고 입히고 오 년을 했더니

일흔일곱에 요롷콤 돼부렸서
인자 개안타, 어른 대접 받고…

딱 하나 소원이라면 저것들
지 못 하는 거 보고, 죽는기라

수철리 민박집

물에 철이 많아서 수철리라 안카나 여기서 젤 잘사는 아재가 아흔두 살 먹은 노인넨데 이 추운 겨울날 멀리 점빵에 나와 막걸리 자시고 십리 길을 걸어간다 안 카나 없으면 몰라도 있는데 안 쓰는 것은 쪼매 그렇제~이 아들이 서울서 큰 병원에 무신 과장이라 카던데 아들이 의사면 뭐하노 월급이 몇천만 원 한다드만 택시비 몇천 원 아낄라고 지랄한다

우리 아는 어무이 편하게 사시라고 민박도 못하게 하능기라 그래싸도 이 너른 집에 혼자 지내는데 있는 방 놀리면 뭐 하노 나이가 등깨 안 아픈 데 없고 자식들 못하게 하는 거를 내 그냥 하는기라 그런 줄 아시고 내 집이라 생각하며 없어도 맛나게 드시고 편하게 지내시소

근데, 나이도 있는 분들이 행색도 개안크만 뭐 할라고 이리 추운 날 다니능교 허허

백운동(白雲洞) 계곡

먼 산길 굽이굽이 걸어서
낯선 계곡 개여울에 섰다

산마루에서 흘러온 물길
너럭바위에 무명천으로 펼쳐지고

푸른 소(沼) 소용돌이
박꽃 되어 피어난다

흰 구름 머무는 곳
동천(洞天)인 줄 알았더니

계류에 맴도는 솔잎들
속세의 물이 들어 하얗구나

서리

세월을 담금질하는 시냇가
바람과 숨바꼭질하다 말라버린 갈대가
시베리아허스키 내달리는
눈부시게 하얀 북극 설원을 꿈꾸듯
은빛 머리(蘆花) 날리며 서 있다

갈색 왜가리 한 마리 갈대 옆에서
갈대와 키를 재어보다
둑방에 지천으로 피어있는 구절초꽃을 세어보다
물빛에 어른대는 버들치 지나가는 기척에
화들짝 부리로 쪼아본다

튕기는 물방울에 놀란
노을이 불그스름 내려앉은 시냇물
걸걸대던 갈대는 숨을 고르다 허리 굽혀 사그라지고
왜가리 실없이 중얼거리는 소리만 물결 타고 흐른다
이젠, 서리가 내리려나…

겨울 나그네(1)

바람이 분다
눈이 내린다

여름날 그 개미집
위에는 서릿발 서고

잎새 다 떨어진 감나무
곶감 못된 감, 홍시 되어있다

겨울 나그네(2)

잿빛 눈 내리는
어두운 한낮

떼 지어 놀던
뱁새도 떠난

대나무 숲에 서서
오던 길을 돌아보니

뿌연 기억 속엔
하늘 향한 대나무뿐

댓잎에 내리던 눈발
제풀에 놀라 떨어지고

앞서가던 길동무
어서 오라 손짓한다

어찌 아셨는지
눈 속에서 죽순 돋는 줄

대나무 숲에는
푸르름도 남아있었다

삿된 꿈(邪夢)

1

햇볕 따사롭게 내려앉은 적산가옥 카페 나지막한 창가에서 하얀 안개꽃 꽃무늬가 촘촘히 새겨진 남색 가운을 입고 화병에 꽂혀 있는 수선화 시든 꽃잎을 가려내는 손가락이 유난히 길고 흰 다소곳한 몸가짐을 한 여인이 있습니다

그 여인과 어깨동무하여 케이프포인트 앞 검푸른 바다 깊은 곳 감히 어둠의 농도를 가늠할 수 없는 묵빛 해무를 헤치며 붉게 떠오르는 새벽 일출을 바라보다 상기된 격정이 채 가시지 않은 몸으로 테이블마운틴 능선에 앉아 붉은 포도주를 마시며 환상적인 일몰을 가슴에 담을 때 파도에 실려 와 솜털까지 날리는 대서양 시원한 바람 같은 사랑을 하고 싶습니다

2

저녁노을이 붉게 물든 얼굴로 찾아든 가로공원 한적한 벤치에 낡은 청바지와 베이지색 셔츠를 입고 잠자리 날개처럼 얇은 연분홍 머플러를 목에 두르고 앉아 시집을 읽는 목선이 유난히 아름다워 매혹적인 여인이 있습니다

그 여인과 태초의 빙하를 찾아가는 범선에서 여인은 바람에 긴 머리를 날리며 갈매기와 노닐고 나는 조타실 조종간을 잡고 남으로 남으로 배를 몰아 마젤란 해협을 거쳐 안데스산맥의 파타고니아 빙하에 올라 얼음 위에 자리를 펴고 차가운 융빙수를 온몸으로 뜨겁게 녹여내는 불같은 사랑을 하고 싶습니다

3

여명이 오지 않아 어슴푸레한 새벽 고요한 강변 둔치의 산책길을 하얀 줄무늬의 곤색 추리닝에 하얀 운동화를 신고 실룩이는 엉덩이를 통통 튕기며 예쁘게 워킹하는 가랑머리에 늘씬한 몸매의 신비스런 여인이 있습니다

그 여인과 일만 가지 튤립꽃이 활짝 핀 쿠켄호프에서 지금까지 못다 한 사랑을 색색 가지로 그려보고 싶습니다 그 사랑의 열병으로 마음이 새까맣게 타버릴지라도 가식의 실오라기 하나 걸치지 않은 지독한 사랑을 하고 싶습니다

에필로그(epilogue)

아들과 딸이 아비의 고희연(古稀宴, 칠순)을 상의하고 있었다. 아서라 아직은 건강하다. 미수(米壽)에 생각해 보마, 일언지하 거절하고 이 책을 내기로 했다.

인생 칠십, 쉽지 않았던 공직 생활을 무탈하게 마치고 정년퇴직할 때 습작한 시를 모아 퇴직 기념시집 『일상의 단상』을 발간한 지 벌써 9년여 세월이 흘렀다.

그동안 크고 작은 일들이 있었다. 슬픔이 있으면 기쁨도 있는 게 인생사다. 아버지 여읜 슬픔 후에, 외손자와 손녀 둘이 태어났다. 손주 보는 즐거움, 살아 있음이 아름다운 이유다.

舒晙이를 안고서

너의 첫울음으로
乾坤(하늘과 땅)이 있음을 알았는데

너의 미소로
행복의 의미를 알았다

옹알이 하는 너
어느 보물과 견줄 수 있겠느냐

어허, 이 세상 속세에
환희의 세상이 있었구나

밝게 펼치는
아름다운 빛

온 누리에 비추어라
사람들 가슴에 진솔한 사랑을 느끼게 하라

藝媛이와 만남

인류 기원 이후 탯줄로
이어진 필연의 만남

너의 첫 울음소리
축복의 탄생이었을 때

우리 웃음소리
행복의 시작이었지

자라면서 더 귀여운
슬기로울 예원아

네 재주 으뜸 되고
세상 중심에 서서

사랑 주고 사랑받고
더불어 행복하라

藝仁이에게

한라산 등산을 위해 서귀포 숙소에서 잠을 자며 꿈을 꾸
었다. 흰 사슴이 뛰노는 초원을 구경하고 있었는데 하늘
에서 사람(여성)이 떨어지는 것을 내 품으로 받는 꿈이었
다. 태몽이었다.

꿈속을 노닐던 흰 사슴의 의미는
손녀의 탄생을 점지한 삼신할미인가

　　　　　　　　　－한라산 「백록담에서」 중에서